P9-ARR-758

Cuando Jessie cruzó
el océano

Para mi maravillosa madre
A.H.

Para Patrick, Barrie, Eilìs and Caolàn

*con un agradecimiento especial a
Kate Brennan, Owen Sharpe
y Maya Jussek*

P.J. L.

En memoria de Rosa que, como Jessie,
vino del otro lado del mar.

T.M. Para la edición en español

Library of Congress Cataloging-in-Publication data is available

Spanish translation copyright © 1998 by Lectorum Publications, Inc.
Originally published in English under the title
WHEN JESSIE CAME ACROSS THE SEA
Text copyright © 1997 by Amy Hest
Illustrations copyright © 1997 by P.J. Lynch

Published by arrangement with Walker Books, Ltd.

1-880507-46-3

Printed in Italy

10 9 8 7 6 5 4 3 2 1

Cuando *Jessie* cruzó el océano

Amy Hest

Ilustrado por

P.J. Lynch

Traducido por

Teresa Mlawer

LECTORUM
PUBLICATIONS, INC.

111 EIGHTH AVE., NEW YORK, NY 10011-5201

En una humilde aldea, muy lejos de aquí, había una pequeña casa, de techo inclinado. Dentro había dos camas estrechas, dos sillas y una mesa con un fino mantel de encaje. Una cocina de leña daba calor a la casa en invierno y calentaba el caldo.

En esa casa vivía Jessie con su abuela.

Tenían una vaca flaca—Minimú—y un pequeño huerto donde crecía alguna que otra zanahoria y a veces papas.

Los padres de Jessie fallecieron cuando ella era apenas un bebé. Jessie guardaba el anillo de bodas de su madre en una cajita de plata forrada de encaje. De vez en cuando, se lo probaba.

Por las mañanas, cuando los chicos de la aldea iban a las clases que daba el rabino, Jessie, por insistencia de su abuela, también iba. Por las noches, después de cenar, Jessie leía en voz alta. Practicaba la escritura a la luz de la lumbre, mientras su abuela cosía encaje. La abuela guardaba las monedas que ganaba en un frasco que había sobre la mesa.

—Ahora lee tú, abuela, y copia con buena letra lo que yo he escrito. A Jessie le encantaba hacer de maestra.

—Aprender a escribir yo —decía la abuela sonriendo.

—Nunca se sabe, a lo mejor algún día quieras leer algo o necesites escribir una carta —le decía Jessie.

La abuela le enseñó a Jessie a hacer encaje.

A menudo, Jessie se pinchaba con la aguja.

—¿Por qué tengo que aprender? —se lamentaba Jessie.

—Nunca se sabe, quizás algún día quieras coser algo o necesites ganar algún dinero —le contestaba su abuela.

Una noche, hacia finales del verano, el rabino convocó a todo el pueblo en la sinagoga.

—Las noticias que llegan de América son tristes —dijo el rabino—. Mi buen hermano Mordecai ha dejado este mundo.

Los del pueblo allí reunidos suspiraron y dijeron:

—Que en paz descanse.

—Poco antes de morir, Mordecai me envió un pasaje para América —el rabino hizo una pausa—. Quería que me reuniera con él.

—¡América! ¡La tierra prometida! —exclamaron muchas voces al unísono.

—Pero, ¡ay! —suspiró el rabino—. ¿Cómo podría dejar mi aldea? ¿Cómo podría abandonar mi congregación? Y con las manos en alto, añadió: Otra persona debe ir en mi lugar; alguien de mi elección.

Todos comenzaron a hablar a la vez.

—¡Rabino, sea razonable! ¡Elíjame a mí que soy fuerte!

—¡Rabino, sea sensato! ¡Elíjame a mí que soy inteligente!

—¡Rabino, hágame caso! ¡Elíjame a mí que soy valiente! El rabino escuchaba atentamente: *"¡Cuánta vanidad!"* pensó.

—Esta noche le pediré consejo al Todopoderoso —dijo el rabino—. Váyanse a casa. Mañana tomaré una decisión.

A la mañana siguiente, muy temprano, Jessie y su abuela recibieron una visita.

—Ya he tomado mi decisión —anunció el rabino—. Jessie irá a América. Kay, la viuda de mi hermano, tiene un taller de costura en la ciudad de Nueva York. Jessie podrá ayudarla con la costura y hacerle compañía.

A Jessie le empezaron a temblar las manos. *¿América? ¡Quedaba tan lejos de su abuela!* Se mordió el labio para no echarse a llorar delante del rabino. *"Que no me haga ir"* rogó en silencio.

—Usted sabe lo que es mejor —fue lo único que atinó a decir la abuela. Pero por dentro su corazón se rompía en mil pedazos. *Mi querida Jessie, sola en un barco, rumbo a América.* El corazón le decía una cosa y la cabeza otra. Jessie debía partir.

La primera semana pasó volando, y las dos siguientes también. Mientras tanto, la abuela preparaba el viaje de Jessie. La mañana en que el barco debía zarpar, llovía con tal fuerza que se confundían el cielo y el mar. "¡América! ¡Allí te esperan grandes cosas!" le había prometido su abuela.

Jessie se apoyó en la barandilla, sujetándose el sombrero contra la lluvia y el viento. A sus pies tenía un pequeño baúl con algo de ropa y varios encajes. En el bolsillo de su abrigo, Jessie guardaba la cajita de plata, forrada con encaje, pero el anillo de bodas de su madre no estaba dentro.

—Guárdamelo, abuela —le había susurrado al oído al darle un beso de despedida.

—¡Abuela! —gritó. Pero el barco ya se alejaba del muelle hacia el canal que desembocaba en el mar. Los paraguas desaparecían en la bruma. La lluvia golpeaba con fuerza el rostro de Jessie y le resbalaba por la nuca.

Más tarde, sentada sobre el baúl, Jessie se echó a llorar.

Los pasajeros sentían pena por la chica de pelo castaño rojizo con pecas de color jengibre. Pero, ¿qué podían hacer? También ellos estaban asustados e incómodos por la falta de espacio y el frío que hacía. ¿Cómo podían ocuparse de Jessie?

El barco navegó en dirección oeste durante muchos días.

Los primeros días el barco fue azotado por fuertes temporales. Jessie se acurrucó sobre una esterilla, demasiado enferma para comer o dormir. No dejaba de pensar en su abuela, allá en la casita de techo inclinado, tan sola.

Al amanecer del cuarto día salió el sol y por fin las ropas de los pasajeros se secaron. Jugaban a las cartas, cantaban y, en ocasiones, discutían. Pero, sobre todo, conversaban, intercambiando historias y sueños. El sueño de América, donde, según decían, las calles estaban pavimentadas con oro. América, la tierra de la abundancia.

Jessie comenzó a coser para pasar el tiempo. La suavidad del encaje le recordaba a su abuela.

Una niña de ojos almendrados se sentó en su regazo. Cantaron y jugaron juntas. Luego, Jessie le hizo un bolsillo de encaje, en forma de corazón, y se lo prendió al vestido. La niña se puso tan contenta que comenzó a bailar.

Jessie le puso encaje al cuello y a los puños del abrigo raído de una pobre anciana, y quedó como nuevo.

Un joven llamado Lou—hijo de un zapatero—
observaba cómo Jessie hacía encaje.

—¿Cómo estás? —le preguntó, tocándose la punta
del sombrero.

Jessie sonrió.

Lou sacó retales de piel de su caja de madera y le
hizo unos zapatitos a un bebé, que se echó a llorar
tan pronto como su madre se los puso.

Por primera vez, Jessie rió.

Más tarde, Lou y Jessie caminaron por la cubierta
conversando. Compartieron un trozo de pan negro
mientras el barco se balanceaba de un lado a otro
y de popa a proa en el inmenso mar.

Al fin, un espléndido día de otoño, pasaron frente a la Estatua de la Libertad. ¡América! Todos enmudecieron. Los bebés dejaron de llorar. Hasta los ancianos y los enfermos se acercaron a la barandilla del barco. ¡América!

¡Ahí estaba Nueva York!, con aquellos enormes edificios que parecían querer alcanzar el cielo.

—¡Abuela! —musitó Jessie—. *Cómo me gustaría que pudieras ver todo esto.*

El barco atracó en Ellis Island. Luego, vino el papeleo, la cola, las inspecciones. Otra vez la cola, más papeleo, de nuevo otra cola y, finalmente, el interrogatorio:

—¿Cómo te llamas? —*Jessie.*

—¿Cuántos años tienes? —*Trece.*

—¿Eres casada? —*No.*

—¿A qué te dedicas? —*Hago encajes.*

—¿Sabes leer y escribir? —*Sí.*

—¿Tienes alguna enfermedad? —*No.*

—¡Jessie! —la llamó una mujer pelirroja abriéndose paso entre la multitud—. Puedes llamarme Kay. Tenía una voz dulce y pausada. Abrazó a Jessie con ternura.

—*¿Dónde estará Lou?* —se preguntó Jessie mientras Kay hablaba sin parar—. *Me olvidé de decirle adiós.*

Kay vivía en el este del bajo Manhattan. Su casa estaba en un tercer piso. Había una bañera en la cocina y un taller de costura en el salón.

Querida abuela,

Te extraño mucho. Kay me está enseñando toda la ciudad. Ojalá pudieras ver las carretillas, las tiendecitas y las carretas que pasan a toda velocidad por la calle. Hay demasiada gente en América, y las calles no son de oro. No hay vacas. Kay me compró un pepinillo de un barril. Mañana empezaré a coser para ella.

Te quiere, Jessie

Jessie eligió la silla amarilla que estaba cerca de la ventana del salón. Allí la luz era mejor para coser y, además, podía ver la calle. Lo que más le gustaba era hacer encaje. Cuellos, puños, finas cintas. Todos los viernes Kay le daba tres monedas que ella guardaba en un frasco.

Una tarde, para entretenerse, Jessie prendió un corpiño de encaje a un vestido blanco que estaba sobre la mesa de cortar. También le puso encaje a las mangas.

—¡Qué bonito vestido de boda! —dijo Kay.

En ese mismo momento, Emily Levy entró en el taller. Al ver el vestido dijo:

—Voy a casarme dentro de poco. ¿Me puedo quedar con él?

El vestido de novia era precioso. Tanto, que la prima de Emily, Rachel Katz, quiso uno igual para su boda. En poco tiempo, el taller de Kay se llenó de novias.

Un día, Kay le dijo:

—Debes ir a la escuela. En América todo el mundo habla inglés. Y quiero que mi Jessie también lo hable.

Así que Jessie comenzó a ir a la escuela por las mañanas. A de *Apple*. B de *Boy*. C de *Carrot*.

¡El inglés no era nada fácil!

Querida abuela,

Te extraño más que nunca. Aquí hay una biblioteca con estantes repletos de libros. Me gustaría leerlos todos. Los domingos doy largos paseos por las calles de la ciudad y ya no me pierdo. Todos los parques están llenos de flores.

Te quiere mucho, Jessie

El inglés de Jessie mejoraba. Sus encajes eran cada vez más bellos. Y así, transcurrieron tres años. Ya era una joven de dieciséis años.

Un frío domingo de marzo, Jessie caminó por la Quinta Avenida hasta llegar al parque. La nieve cubría los árboles. Los niños se deslizaban en trineos de un lado a otro. Jessie se sentó en un banco y se fijó en un joven, justo en el momento en que el viento se llevaba su sombrero. Jessie soltó una carcajada. El joven se dio la vuelta. *¡Lou!* Jessie no podía creer lo que veían sus ojos.*¡Lou, su amigo del barco!* Jessie lo saludó con la mano. Y Lou, el hijo del zapatero, le devolvió el saludo. La hubiera saludado quitándose el sombrero, pero éste ya estaba muy lejos.

El domingo siguiente volvieron a encontrarse en el banco del parque. Y al domingo siguiente también.

Querida abuela,

Tengo un amigo especial. Hace unos zapatos estupendos con retales de piel. Se llama Lou. Te va a encantar, abuela. Te lo prometo.

Te quiere, Jessie.

Una noche, Jessie conoció a los padres de Lou, a su hermano y a sus tres hermanas. Jessie les llevó una cesta de pan, adornada con un precioso encaje. Cuando se fue, las dos hermanas más pequeñas se echaron a llorar.

—Cásate conmigo —le pidió Lou, al salir de la casa.

—Pronto —le respondió Jessie con una sonrisa, tomándole las manos.

Pasaban los días y las semanas. Jessie hacía encajes de la mañana a la noche. Pasaron los meses y Jessie seguía cosiendo y cosiendo. Hasta que, un día, el frasco se llenó de monedas. Se lo llevó a un hombre que vendía pasajes para América.

—Quiero un pasaje para mi abuela —dijo.

Todos los días, Jessie bajaba corriendo los tres pisos para recoger el correo. Por fin, un día de mucho viento, llegó la ansiada carta. La letra era temblorosa, pero Jessie sabía que su abuela había escrito todas y cada una de las palabras.

Querida Jessie,
He cosido el pasaje al forro de mi abrigo.
Ya me he despedido de todos en el pueblo.
El rabino se va a quedar con Minimú.
Tu querida abuela.

La mañana en que el barco atracó en el puerto de
Nueva York, llovía con tanta fuerza que se confundían
el cielo y el mar. A Jessie le pareció que su abuela
estaba más débil y que había envejecido desde la última
vez que la vio. Se abrazaron largo rato.

—Traje algo para ti del otro lado del mar —le
susurró su abuela. Y diciendo esto, le puso en su mano
el anillo de bodas de su madre.

Y juntas se fueron a casa. ¡Pronto habría boda!